Schenk dir Zeit zum Träumen

Möge das Jahr dich
mit seinen Geschenken beglücken:
mit den duftenden Blumen des Frühjahrs,
der wärmenden Sonne des Sommers,
der reichen Ernte des Herbstes.
Der Winter aber schenke dir
die Zeit der Stille für deine Seele.

Irischer Segenswunsch

Schenk dir Zeit zum *Träumen*

Frühlingsgeschichten
von Frauen

benno

Bibliografische Information der Deutschen Nationalbibliothek
Die Deutsche Nationalbibliothek verzeichnet diese
Publikation in der Deutschen Nationalbibliografie;
detaillierte bibliografische Daten sind im Internet unter
http://dnb.d-nb.de abrufbar.

Besuchen Sie uns im Internet:
www.st-benno.de

Gern informieren wir Sie unverbindlich und aktuell
auch in unserem Newsletter zum Verlagsprogramm,
zu Neuerscheinungen und Aktionen.
Einfach anmelden unter www.st-benno.de.

Dieses Buch ist eine gekürzte Nachauflage und erschien bereits
im Jahr 2016 unter dem Titel „Frühlingsträume für die Seele.
Geschichten & Gedanken von Frau zu Frau" im St. Benno Verlag.

ISBN 978-3-7462-6110-2

© St. Benno Verlag GmbH, Leipzig
Umschlaggestaltung: Ulrike Vetter, Leipzig
Gesamtherstellung: Kontext, Dresden (B)

Inhalt

**Frühlingssehnsucht
liegt in der Luft**   6

Annette von Droste-Hülshoff: Der Frühling   8
Bettine von Arnim: Keine schöneren Freuden   9
Charlotte von Ahlefeld: Frühling ohne Wiederkehr   10
Mascha Kaléko: Brief ins Blaue ...   12
Hanna Ahrens: Wenn das nicht gesund ist!   16
Barbara Noack: Das Billigangebot   18
Isolde Kurz: Frühlingslied   24
Eugenie Marlitt: Die Natur   26
Gabriele Lins: Nutze den Tag   28
Else Lasker-Schüler: Frühling   31

**Blumensträuße und
Himmelsboten umtanzen dich**   32

Bettine von Arnim: Aug' in Aug'   34
Gertrud Kolmar: Frühlingslied   38
Agnes Marx: Ein verheißungsvoller Frühlingstag   40
Ute Latendorf: Frühlingsahnung   44
Heidi Kaiser: Frühling   46

Heidi Kowalsky: Das einsame Schneeglöckchen	48
Irisches Segensgebet: Ostersegen	50
Annette von Droste-Hülshoff: Am Ostersonntag	52
Marie-Luise Kaschnitz: Ende April	54

Vom Charme des Wonnemonats   58

Gabriele Lins: Großmutters Maibaum	60
Rose Ausländer: Mai III	64
Ursula Berg: Der Tulpenstrauß	66
Erika Pluhar: Eine Muttertagsgeschichte	68
Charlotte Hofmann-Hege: Der Tulpenkorb	71
Annette von Droste-Hülshoff: Am Pfingstsonntage	75

Frühlingssehnsucht
   liegt in der Luft

Der Frühling

Der Frühling ist die schönste Zeit!
Was kann wohl schöner sein?
Da grünt und blüht es weit und breit
im goldnen Sonnenschein.
Am Berghang schmilzt der letzte Schnee,
das Bächlein rauscht zu Tal,
es grünt die Saat, es blinkt der See
im Frühlingssonnenstrahl.
Die Lerchen singen überall,
die Amsel schlägt im Wald!
Nun kommt die liebe Nachtigall
und auch der Kuckuck bald.
Nun jauchzet alles weit und breit,
da stimmen froh wir ein:
Der Frühling ist die schönste Zeit!
Was kann wohl schöner sein?

Annette von Droste-Hülshoff

Keine schöneren Freuden

Ach ich weiß nichts Besseres, ich weiß keine schöneren Freuden als die jener ersten Frühlinge, keine innigere Sehnsucht als die nach dem Aufblühen meiner Blumenknospen, keinen heißeren Durst, als der mich befiel, wenn ich mitten in der schönen blühenden Natur stand, und alles voll üppigem Gedeihen um mich her. Nichts hat freundlicher und mitleidiger mich berührt als die Sonnenstrahlen des jungen Jahrs, und wenn DU eifersüchtig sein könntest, so wär' es nur auf diese Zeit, denn wahrlich, ich sehne mich wieder dahin.

Bettine von Arnim

FRÜHLINGSSEHNSUCHT

Frühling ohne Wiederkehr

Lieblich ist des Lenzes erstes Lächeln,
wenn in Blütenbäumen laue Luft sich wieget,
und des Baches eisbefreite Welle
nicht mehr stockend durch die Fluren rinnt.

Dann ermuntern sich zu neuem Leben
die verblichnen Wiesen aus dem Winterschlafe,
und das Gras wacht auf, und decket träumend
wiederum den Schoß der Mutter Erde.

Und die Blumen öffnen ihre Kelche –
alle, die im späten Herbste starben,
eichten sich aus ihrem dunklen Grabe
neu empor im Glanz der Auferstehung.

O Natur – wie milde gibst du wieder,
was dein feierlicher Gang zerstöret.
Fest im stillen, ewig gleichen Kreislauf,
folgt auf deinen Ernst ein mildes Lächeln.

Nicht Vernichtung, nur ein leiser Schlummer
hält des Frühlings holde Lust gefangen;
bald, bekränzt mit Veilchen, kehrt er wieder
süß umhallt von Nachtigallentönen.

Doch wann kehrt der Liebe Frühling wieder?
Ach, verscheucht hat ihn die Nacht der Trennung
und der Winterschauer einer ew'gen Ferne
tötet rau das zarte Grün der Hoffnung.

Des Beisammenlebens Stundenblumen
starben hin im Seufzerhauch des Abschieds.
Kummervoll benetzt von heißen Tränen,
sind der Freude Rosen längst verblichen.

Keine Sonne wird sie neu erwecken –
keines Wiedersehens goldner Schimmer
winkt des Glückes lichterfüllte Tage
aus dem Grabe der Vergangenheit hervor.

Traurig zieht der Jahreszeiten Wechsel
meinem still umwölkten Blick vorüber.
Ach, es folgt der Frühling auf den Winter,
aber nimmer kehrt der Liebe Frühling wieder!

Charlotte von Ahlefeld

FRÜHLINGSSEHNSUCHT

Brief ins Blaue ...

Ich schicke einen Brief hinaus in den Frühling an Irgendeinen, den es vielleicht gar nicht gibt. Das Papier, das ich mit meinen steilen Lateinbuchstaben bemale, ist kein Bütten. Und ich kann mich sogar an Zeiten erinnern, da ich meine Briefe an postalisch einwandfreie Adressaten zu richten pflegte ...

Ich gehöre nicht zu jenen, die immer gleich ihre „Gefühle" bei der Hand haben. Und doch: mit dem Strauß gelber Himmelschlüssel hat es angefangen. Ihr würdet mich auslachen, wenn ich euch einreden wollte, dass mich jener ganze Frühlingstag mitsamt seinem Sonnenschein, Himmelblau und sonstigem Zubehör kurzgesagt einen knappen Pfiff anging und daß mir erst am späten Abend, als ich mich aus meinem Zimmer in den dämmerigen Schacht des Hofes neigte, der Frühling begegnete. Am Fenster stand ich, der Tag hatte sich aus dem Staube gemacht, und ein paar armselige Lichtsträhnen, Überbleibsel der fortgehenden Sonne, – nicht der Rede wert –, lagen unten verstreut umher. Ich weiß noch, dass ich gerade mein Frühjahrskopfweh hatte, ich steckte den Kopf weit ins Freie hinaus, – nicht etwa, dass mir, außer an den paar Zügen Luft, noch etwa an „Abendstimmung" oder sonstigen „Eindrücken" gelegen war, nein, ich hatte die Tage vorher Eindrücke genug gehabt ... Ich kann mich genau darauf besinnen, dass ich selbst das silbrige Flat-

tern eines ersten Schmetterlings über dem Gitterbalkon gegenüber ganz trocken zur Kenntnis nahm, mir war gar nicht so. Ich stand allein in der abendlichen Stille meiner Stube und horchte in den Hof hinunter.
Türenknarren, Verhallen von Schritten. Fenster waren breit aufgetan, Teller klapperten hinter Gardinen, mit denen der Wind spielte, es war Abendbrotzeit. Im Vorderhaus und Seitenflügel saßen nun brave Familien und gingen programmgemäß zu Tisch. Stühle rückten hin und her, Löffel klirrten, manchmal fiel ein halber Satz zum geöffneten Fenster hinaus. Nacht war es noch nicht, die Sonne war noch nicht ganz fort, und der Mond noch nicht ganz da, so eine Stunde war das; aber die Braven in ihren Stuben hatten alle schon das Elektrische angeknipst, ihre Ordnung wollten sie haben, sie liebten kein liederliches Halbdunkel.
... Der Abend war wie tausend andere, ein ganz und gar gewöhnlicher Frühjahrsabend, ein Dutzendprodukt in der Tageszeit-Fabrik des lieben Gottes, und der hatte sich bei seiner Herstellung sicher nicht gedacht, dass da unten irgendeinem Nichtsnutz gerade an diesem lächerlichen Exemplar von Abend aufgehen könne, es sei Frühling geworden.
Die Tage vorher hatte ich gar nicht bemerkt, so hatte ich an ihnen vorbeigelebt. Wolkenloser Himmel, Wärme und Licht, – die Erfüllung meiner winterlichen Hungerphantasien, dies alles habe ich gar nicht wahrgenommen. Aber nun, da ein solcher Tag zu Ende ging, jetzt da das Gewicht hochgereckter Hinterhäuser und die Armseligkeit der paar Quadratmeter Himmel über den Dächern sich schwer auf mein Herz legte, nun wachte ich auf. Und

alles kam wieder hervor, was ich während der letzten Wochen in die unterste Schublade meiner Seele hineingestopft hatte ...

Ich weiß nicht mehr, ob die Vögel an einem Abend vom Park herüberzwitscherten, es war wohl so, ich hörte sie nicht, aber als nun ein Kind begann zu singen, ein billiges kleines Gassenlied mit seinem rührend mageren Stimmchen, da kam unendliche Traurigkeit über mich. Ausgestoßen war ich und verlassen ... Das bohrte sich ein, als wollte es sich häuslich einrichten bei mir wie früher schon.

Nein, sagte ich zu mir – ich war allein mit meinen nackten Wänden und Möbeln –, nein! sagte ich herausfordernd. Aber es war lächerlich, so hatte es immer angefangen. Es war also wieder einmal so weit. Die letzten Wochen krochen an mir vorüber, das vergangene Jahr, alles nutzlos. Was ich getan, hätte ich lassen, was ich gelassen, hätte ich tun sollen. Vorbei ...

So meldete sich der Frühling bei mir an. „Frühlingsanfang!"

Trostlose Haltestelle auf der Fahrt ins Jahr ...

Ein solcher Abend war das. Und man konnte ihn nicht einfach aus dem Kalender reißen, denn es gibt keine Tabletten gegen die Schmerzen in unserem Innern.

Heute aber ... wenn ich heute Morgen ein Blatt aus meinem alten grau-marmorierten Schuldiarium mit dem weiß ausgebogten Etikett „Aufsatzheft" herausgerissen habe, um einen Brief zu schreiben, so ist das nichts als eine Frühlingsmorgen-Spielerei.

Heute kann es sogar vorkommen, dass ich vor lauter hel-

len Sonnenkringeln auf dem blauliniertem Schreibpapier und meiner alten Tapete vor Übermut zu pfeifen anfange. Ich will nicht verschweigen, dass ich heute früh über den ersten Flieder auf einem fremden Balkon leise gelächelt habe, als wären gewisse Abende begraben, fern. Jenseits des Ufers, auf das mich dieser Tag gerettet hat. Und es ist nicht ausgeschlossen, dass ich heute ein verwegenes Sommerkleid anziehe, nur so für mich. – Wer weiß, ob mir nicht, wenn ich an diesem Abend an mein Fenster ginge, so ein Gedanke durch den Kopf schwirrte von Sommer, blauen Seen und Wanderrast unter blühenden Bäumen.
So ein Tag ist das, heute.
Ich habe den ganzen Vormittag lang fast gar nicht mehr an einen bestimmten Brief gedacht. In den frühesten Morgen hinein hat mir einer sogar einen frischen Strauß gelber Himmelsschlüssel geschickt, und ich habe nicht einmal gefragt, von wem sie waren. – Obgleich ...
Ich schicke einen Brief hinaus in die Welt an Irgendeinen, der vielleicht gar nicht an mich denkt. Aber ich, ich will ihn grüßen um seiner Abende willen, da er an geöffnetem Fenster vor traurigen Häuserschächten steht, um jenes ersten Flieders willen, der ihm auf fremden Balkonen blüht. Für ihn kritzle ich meine mageren Buchstaben auf das letzte Blatt jenes Schulheftes, das einst die Gedanken eines behüteten Kindes aufgenommen hat, eines Kindes, das nicht mehr glücklich, sondern erwachsen ist. Ich schicke diesen Brief hinaus an jenen Einen, von dem ich noch immer nicht weiß, ob ich ihn getroffen habe ...

Mascha Kaléko

Wenn das nicht gesund ist!

Ab und zu muss es sein: das Abnehmen. Also eine Diät! Die wievielte? Ich weiß es nicht. Ich zähle nicht. Ich wiege mich auch nicht. Ich nehme einfach ab, das nehme ich mir jedenfalls vor. Die Enttäuschung mit der Waage erspare ich mir. Aber ich esse nur, wenn ich wirklich Hunger habe: wenig und langsam, und trinke viel Tee oder Wasser. Wenn Fett, Zucker, Alkohol und Fleisch schon mal außen vor bleiben – was kann mir passieren?

Ob ich das ganz strikt durchhalte? Nein, natürlich nicht. Ich will mir doch mein Leben nicht verderben. Was kann ich dafür, wenn mir meine Tochter Eierlikör-Eis anbietet (in dem – außer Fleisch – alles Verbotene steckt)? Soll ich so etwas Verlockendes vielleicht ablehnen? Das wäre doch unhöflich. Ich esse es mit Vergnügen, denn grundsätzlich verzichte ich ja auf Fett und Zucker. Allerdings sind die Johannisbeeren in diesem Jahr leider sehr sauer, weil die Sonne fehlt. Etwas Zucker muss sein. Im Prinzip mache ich ja Diät, das gibt mir das gute Gefühl, etwas für mich zu tun. Ich bin entspannt und gehe ohne Skrupel durch den Tag. Wenn das nicht gesund ist?

Hanna Ahrens

Das Billigangebot

An einem Frühlingsmorgen beim Frühstück las ich in der Starnberger Beilage der Süddeutschen Zeitung folgende Notiz:

Ein Tankzug aus Italien mit 19 000 Liter Wein stürzte gestern Mittag gegen 12.30 Uhr in der Kurve Moosstraße/Petersbrunner Straße in Starnberg um. Nach Angaben der Polizei war das Fahrzeug ins Schleudern geraten. Der 24-jährige Fahrer Giuseppe L. kam mit dem Schrecken davon. Der geschätzte Sachschaden beläuft sich auf 152 000 Mark. Obwohl die sofort alarmierte Starnberger Feuerwehr das kostbare Nass in großen Bottichen aufzufangen versuchte, versickerten etwa 3 500 Liter Weißwein aus dem Anbaugebiet Frascati in Gullys und in die Versitzgruben der Kanalisation. Rund 15 500 Liter pumpte die Feuerwehr in einen anderen Tankzug um. Weil der Wein dabei durch Erdreich und Splitt leicht verunreinigt wurde, kann er nicht mehr abgefüllt und im Laden verkauft werden. Per Fernschreiben erklärte sich der italienische Weinhändler deshalb bereit, den Liter weit unter dem Verkaufspreis (sechs bis acht Mark) für 50 Pfennig abzugeben. Wer an dem Angebot interessiert ist, kann heute ab 10 Uhr zum Parkplatz der Kfz-Zulassungsstelle an der Petersbrunner Straße kommen, wo der Tankzug abgestellt wurde. Behälter sind mitzubringen. Auf Anfrage erklärte Dr. Kurt Käfer vom Gesundheitsamt Starnberg, dass der Wein voll genießbar ist, wenn man ihn durchfiltert.

Auf dem dazugehörigen Foto sah man den umgestürzten Tankwagen und mehrere Feuerwehrleute beim Auspumpen des Weins in große Henkeleimer. Die Sache erschien mir vielversprechend. Ich rief einen Bekannten an und schilderte ihm den Tankunfall.

„Fünfzig Pfennig für einen Liter, der sonst sechs bis acht Mark kostet? Das muss Qualitätswein sein", was ihn weit mehr erregte als der leichte Zusatz von Erde und Splitt. Wozu gab es schließlich Filter!

„Meinst du, ich soll ein paar Flaschen mitnehmen?"

„Was heißt paar Flaschen? Das musst du im großen Stil angehen. Besorge Gallonen. Gleich eine für mich mit!"

„Wo kriegte ich auf die Schnelle Gallonen her? Vielleicht hatte meine Freundin Carola welche. Sie war ganz erschrocken, um acht Uhr einen Anruf von mir zu erhalten. wo ich doch sonst kein Frühredner bin.

„Ist was passiert?"

„Hast du zufällig eine Gallone?"

Und sie: „Wieso? Hast du ein Schiff?"

„Eine Galionsfigur. Eine Gallone ist ein Litermaß, glaube ich. Lies mal den Starnberger Teil von der ‚Süddeutschen' – den Text unter dem umgestürzten Tankzug. Ich warte so lange."

Nach drei Minuten war sie wieder am Telefon. „Danke, dass du mich angerufen hast. Da müssen wir hin. Wieviel fasst denn so eine Gallone?"

„Keine Ahnung. Guck mal im Lexikon nach. Ich bleib dran."

Sie kehrte mit Band G zurück und las mir vor:

„Gallone. Angelsächsisches Hohlmaß: USA: 3,785 Liter, England: 4,546 Liter." So große Behälter habe ich nicht. Aber leere Flaschen. In zehn Minuten hole ich dich ab."
In der Zwischenzeit wuchtete sie ein Tragl mit leeren Liter-Cocaflaschen aus dem Keller in die Küche, spülte sie heiß aus, sammelte die Verschlüsse in ihrer Schürzentasche, behielt die Schürze gleich um, nahm – umsichtig, wie sie war – noch einen Trichter mit und verstaute alles in ihrem Kombi. Ich sagte meine Massage ab und stand bereits mit Körben voll leerer Weinflaschen vor unserer Garage, als sie vorfuhr. Ob ich auch Korken hätte, fragte sie.
Leider nicht. Die schmiss ich immer weg.
„Und wenn die vollen Flaschen in meinen Kofferraum kippen?"
„Dann brauchst du ein neues Auto."
Also Korken besorgen. Während Carola im Halteverbot parkte, hüpfte ich wie ein verscheuchtes Huhn zwischen Stoßstangen hindurch über den Damm ins Starnberger Kaufhaus. Und wieder zurück. Keine Korken.
„Sag bloß, die sind schon ausverkauft! Das kann ja heiter werden."
Auf dem direkten Weg zum TÜV, wo der Weinausschank stattfinden sollte, kamen uns gewisse Bedenken. Wenn man uns in der \Warteschlange erkennen würde. Wenn man herumerzählte, dass auch wir nach verunglücktem Billigwein angestanden haben.
„Was wird wohl dein Mann dazu sagen?"
„Der tobt, aber das macht nichts."
Auf dem Vorplatz vom TÜV erwartete uns keine Käuferschlange mit Eimern und Flaschen. Kein Weinausschank. Kein gar nichts.

„Ich geh mal rein", sagte Carola und betrat das Gebäude in Schürze mit ausgebeulten Taschen voller Flaschenverschlüsse. Kam wieder heraus, Gesicht wie ein roter Ballon. Stieg ein. Gab Gas.

„Na und? Wie war's?"

„Der Erste, den ich gefragt habe, hat gedacht, ich will ihn verschaukeln. Der Zweite hat gegrinst und gefragt, ob ich heute schon mal zufällig aufs Datum geschaut hätte."

„Wieso, welchen haben wir denn?"

„Den ersten April."

Au Backe. Also darauf wäre ich nicht gekommen. Auf der Heimfahrt – in jeder Kurve – schepperten anzüglich die leeren Flaschen hinter uns im Kofferraum – kriegten wir einen Lachkoller. Carola brauchte Scheibenwischer für ihre tränenden Augen.

Ich sagte: „Wenn sie was von Rotwein geschrieben hätten, wäre ich gar nicht erst hingefahren. Rotwein vertrage ich nicht."

Carola brachte mich nach Hause. Gemeinsam lasen wir noch einmal die Zeitungsnotiz. Klang schon sehr überzeugend.

Sie beschloss, Dr. Käfer vom Gesundheitsamt anzurufen, der den Wein als voll genießbar attestiert hatte.

„Aber sag nicht, wer du bist", warnte ich sie.

Das hatte sie auch nicht vor. Sie wollte sich mit meinem Namen melden. Was ich verhinderte.

Im Gesundheitsamt wusste niemand etwas von einem Attest für umgekippten Wein. Carola hielt mir den Hörer hin, damit ich das Johlen hören konnte.

Aber so schnell gab sie nicht auf und wählte auch die Nummer der Polizei. Ob zufällig ein Weintankzug in

Starnberg umgekippt wäre. Gegenfrage des Polizisten: „Wieso? Brauchen Sie welchen?"

Nun waren wir bestürzt. Es konnte doch nicht möglich sein, dass wir beide die einzigen Deppen waren, die auf diesen Aprilscherz hereinfielen. Abgesehen von dem Bekannten natürlich, der die Gallone ins Gespräch gebracht hatte.

Wenigstens unsere stadtbekannten Saufpenner hätten danach anstehen müssen. Auch wenn sie nicht die Süddeutsche lasen – so was spricht sich doch rum!

Carola fuhr vier Häuser weiter nach Hause. Begegnete dort ihrem ältesten Sohn, bei dem die letzten beiden Schulstunden ausgefallen waren. Ob sie schon was zu essen hätte, fragte er. Natürlich hatte sie noch nicht gekocht. Wann denn?

Dafür gab sie ihm den Starnberger Teil der „Süddeutschen" und zeigte auf die Weintanknotiz. „Lies das mal."

„Mami", sagte er danach, „gib mir deine Autoschlüssel – da muss ich sofort hin. Hoffentlich ist noch nicht alles verkauft." Und schon in der Tür: „Aber ich brauche Gefäße!"

„Es steht zufällig ein Tragl mit Colaflaschen im Kofferraum, die ich fortbringen wollte", sagte Carola hinter ihm her.

Uns beide schickt so schnell nicht wieder jemand in den April, uns nicht.

Im nächsten Jahr standen wir gemeinsam nach billigen Fernsehern an, aber diesmal in einer langen Schlange. Da waren wir wenigstens nicht die Einzigen, die hereingefallen waren.

Barbara Noack

Frühlingslied

Lieblich im Lenzeshauch
baden die Glieder,
Seele, der Schmetterling,
löst sein Gefieder.
Hoch bis zur Sonne
schwillt mir das Herz,
ach, und die Wonne
mischt sich mit Schmerz.
Möchte zum Himmelsblau
jubelnd mich heben,
möcht' in der grünen Au
wurzeln und kleben,
möcht' in den Gluten
schmelzend vergehn,
still mich verbluten
an Sehnsuchtswehn.

Kannst nicht zum Himmelsblau
jubelnd dich heben.
Sollst nicht in grüner Au
wurzeln und kleben,
aber dies Dehnen,
weltenumfangen,
liebendes Sehnen
am nächsten zu hangen,
schwanken und Beben,
Jubel und Schmerz,
das ist dein Leben,
o Menschenherz!

Isolde Kurz

FRÜHLINGSSEHNSUCHT

Die Natur

Natur ist unergründlich tief im Walten,
erhaben über Erdenmacht und Zeit
ist ewig groß in wechselnden Gestalten
und unbeschreiblich schön im Frühlingskleid.

Ein Saitenspiel ist ihr geheimes Weben,
gebreitet über Gottes weites All,
denn wenn die Frühlingslüfte drüber beben,
entströmt ein wundersamer Jubelschall.

Eugenie Marlitt

Nutze den Tag

Die letzten Schritte zum Taxi geht sie gebückt. Langsam, sich abstützend, lässt sie sich auf dem Beifahrersitz nieder. Ihre Stimme klingt tonlos: „Zu den Rheinwiesen."
Arnold schaut kurz zu ihr hinüber. Er schätzt sie auf etwas über vierzig. Ihr Gesicht hat außer ein paar Linien um den Mund keine Falte, nur ihre Haut ist ohne jede Farbe. Das blonde Haar hängt glanzlos wie seichtes Schilf. „Ein Bild des Jammers", denkt er und fährt an.
Auf der kurzen Fahrt bis zum Rhein reden sie kein Wort.
„Halten Sie!", befiehlt sie und fragt nach dem Preis. Dann geht sie stolpernd quer über die holprige Wiese und ist seinen Blicken fast entschwunden.
Er wendet und will davonbrausen, aber irgendetwas hält ihn zurück. Wo will sie denn hin? Sie schien ihm so verzweifelt. Kurz entschlossen stößt er die Tür auf und läuft in die Richtung, die sie eben eingeschlagen hat. Sie will doch nicht etwa Selbstmord begehen?
Sie sitzt am Rande des Wassers vor einem Gesträuch. Erste grüne Blättchen zittern in der frischen Luft. Er lässt sich neben ihr nieder. Sie reagiert nicht, blickt nur still auf die schnell dahinziehenden Wellen des Flusses.
„Kann ich Ihnen irgendwie helfen?", fragt er schließlich. Ihre Starre wird ihm langsam unheimlich. Schon im Auto hat er gefühlt, dass sie in einem Schock befangen ist. Er muss dreimal fragen, ehe sie ihn ansieht.

„Ich war heute Morgen beim Arzt und habe erfahren, dass ich Krebs habe. Nicht mehr zu therapieren oder zu operieren."

Er erwidert nichts. Was soll man dazu auch sagen? So etwas haut einen um, das ist klar. Hat sie denn keinen Menschen, zu dem sie gehen und sich aussprechen kann?

Sie schüttelt den Kopf. „Mein Mann liegt auf dem Friedhof. Und meine Kinder stehen mitten im Leben, die haben keine Zeit. Mich braucht keiner mehr. Und deshalb ..."

Sie zeigt auf das Wasser. Ihre Worte sprudeln jetzt, überstürzen sich. Es ist, als habe sich eine Öffnung für ihre Quelle aufgetan.

Hinter ihnen im Busch fängt plötzlich eine Meise an zu zirpen.

„Es wird bald Sommer." Arnold atmet auf. „Die Vögel nisten schon. Sie fangen alle immer wieder von Neuem an, jedes Jahr wieder."

„Ich kann nicht mehr von vorne anfangen." Sie lacht bitter. „Schluss – aus!"

„Ich schon!" Tief atmet er die frische Luft ein. „Ich habe mir vorgenommen, andere ganz oft anzulachen. Der heilige Franz von Assisi hat mal gesagt: ‚Glück ist das Einzige, das man verschenken kann, ohne es zu besitzen.' Damit hat er doch recht, nicht wahr? Und der weise Goethe sagte: ‚In allen Dingen ist besser zu hoffen als zu verzweifeln.'"

Ihr Lachen klingt bitter. „Sie haben gut reden. Sie müssen ja auch nicht sterben."

„Wir alle müssen irgendwann sterben. Und ich werde genau wie Sie auch nicht mehr lange in diesem Jammertal sein."

Die kleine Meise geigt immer lauter in sein Geständnis hinein. „Ich habe nämlich einen Tumor im Kopf. Inoperabel. Darum muss ich jetzt das Fahren meines Taxis aufgeben."
Bestätigend nickt er in ihren ungläubigen Blick und steht auf. „Aber jetzt können wir beide noch einen schönen Spaziergang machen. Kommen Sie, nutzen wir den Tag!"
Sie zuckt mit den Schultern. „Ich kann nicht mehr genießen. Muss erst mit dem Schock fertig werden."
Er nickt. Das war bei ihm auch so, ‚vor Jahrhunderten', als er die Diagnose bekam.
Deshalb lässt er ihren Einwand nicht gelten und zieht sie hoch.
Schweigend gehen sie den Fluss entlang.
Sie nutzen den Tag.

Gabriele Lins

Frühling

Wir wollen wie der Mondenschein
die stille Frühlingsnacht durchwachen,
wir wollen wie zwei Kinder sein.
Du hüllst mich in dein Leben ein
und lehrst mich so wie du zu lachen.

Ich sehnte mich nach Mutterlieb
und Vaterwort und Frühlingsspielen,
den Fluch, der mich durchs Leben trieb,
begann ich, da er bei mir blieb,
wie einen treuen Freund zu lieben.

Nun blühn die Bäume seidenfein
und Liebe duftet von den Zweigen.
Du musst mir Mutter und Vater sein
und Frühlingsspiel und Schätzelein
und ganz mein eigen.

Else Lasker-Schüler

Blumensträusse
und Himmelsboten
umtanzen dich

———

Aug' in Aug'

Die Nachtigall war anders gegen mich gesinnt wie du, sie stieg herab von Ast zu Ast und kam immer näher, sie hing sich an den äußersten Zweig, um mich zu sehen, ich wendete leise mich zu ihr, um sie nicht zu scheuchen, und siehe da! Aug' in Nachtigallenaug', wir blickten uns an und hielten's aus. Dazu trugen die Winde die Töne einer fernen Musik herüber, deren allumfassende Harmonie wie ein in sich abgeschlossnes Geisteruniversum erklang, wo jeder Geist alle Geister durchdringt und alle jedem sich fügen; vollkommen schön war dies Ereignis, dies erste Annähern zweier gleich unbewusster, unschuldiger Naturen, die noch nicht erfahren hatten, dass aus Liebesdurst, aus Liebeslust das Herz im Busen stärker und stärker klopft. Gewiss, ich war freundlich und gerührt durch dies Annähern der Nachtigall, wie ich mir denke, dass du allenfalls freundlich bewegt werden könntest durch meine Liebe, aber was hat die Nachtigall bewogen, mir nachzugehen, warum kam sie herab vom hohen Baum und setzte sich mir so nah', dass ich sie mit der Hand hätte haschen können, warum sah sie mich an, und zwar mir in's Auge? – Das Aug' spricht mit uns, es antwortet auf den Blick, die Nachtigall wollte mit mir sprechen, sie hatte ein Gefühl, einen Gedanken mit mir auszutauschen. (Gefühl, das ist der Keim des Gedankens.) Und wenn es so ist, welchen tiefen, gewaltigen

Blick lässt uns hier die Natur in ihre Werkstatt tun: Wie bereitet sie ihre Steigerungen vor, wie tief legt sie ihre Keime, wie weit ist es noch von der Nachtigall bis zu dem Bewusstsein zwischen zwei Liebenden, die ihre Inbrunst so deutlich im Lied der Nachtigall gesteigert empfinden, dass sie glauben müssen, ihre Melodien seien der wahre Ausdruck ihrer Empfindungen.

Am andern Tag kam sie wieder, die Nachtigall, ich auch, mir schwante sie würde kommen, ich hatte die Gitarre mitgenommen, ich wollte ihr was vorspielen, an der Pappelwand war's, der wilden Rosenhecke gegenüber, die ihre langen, schwankenden Zweige über die Mauer des Nachbargartens hereinstreckte und mit ihren Blüten beinah bis wieder an den Boden reichte; da saß sie und streckte ihr Häkchen, sah mir zu, wie ich mit dem Sand spielte. Nachtigallen sind neugierig, sagen die Leute, bei uns ist's ein Sprichwort: Du bist so neugierig wie eine Nachtigall; aber warum ist sie denn neugierig auf den Menschen, der scheinbar gar keine Beziehung zu ihr hat? – Was wird einstens aus dieser Neugierde sich erzeugen? – O! Nichts umsonst, alles braucht die Natur zu ihrem rastlosen Wirken, es will und muss weitergehen in ihren Erlösungen. Ich stieg auf eine hohe Pappel, deren Äste von unten auf zu einer bequemen Treppe rund um den Stamm gebildet waren; da oben in dem schlanken Wipfel band ich mich fest an die Zweige mit der Schnur, an der ich die Gitarre mir nachgezogen hatte, es war schwül, nun regten sich die Lüfte stärker und trieben ein Heer von Wolken über uns zusammen. – Die Rosenhecke wurde hochgehoben vom Wind und wieder niedergebeugt, aber der Vogel saß fest; je brausender der Sturm, je schmetternder ihr Gesang, die kleine Kehle strömte jubelnd ihr ganzes Leben in die aufgeregte Natur, der fallende Regen behinderte sie nicht, die brausenden Bäume, der Donner übertäubte und schreckte sie nicht, und ich auch auf meiner schlanken Pappel wogte im Sturmwind nieder auf die Rosenhecke, wenn sie sich hob, und streifte über die Saiten, um den Jubel der kleinen Sängerin durch den Takt zu mäßigen. Wie still war's nach dem Gewitter! Welche heilige Ruhe folgte dieser Begeistrung im Sturm! Mit ihr breitete die Dämmerung sich über die weiten Gefilde, meine kleine Sängerin schwieg, sie war müde geworden. Ach, wenn der Genius aufleuchtet in uns und unsere gesamten Kräfte aufregt, dass sie ihm dienen, wenn der ganze Mensch nichts mehr ist als nur dienend dem Gewaltigen, dem Höheren als er selbst, und die Ruhe folgt auf solche Anstrengung, wie mild ist es da, wie sind da alle Ansprüche, selbst etwas zu sein, aufgelöst in Hingebung an den Genius! So ist Natur, wenn sie ruht vom Tagwerk: Sie schläft, und im Schlaf gibt es Gott den Seinen. So ist der Mensch, der unterworfen ist dem Genius der Kunst, dem das elektrische Feuer der Poesie die Adern durchströmt, den prophetische Gabe durchleuchtet, oder der, wie Beethoven eine Sprache führt, die nicht auf Erden, sondern im Äther Muttersprache ist. Wenn solche ruhen von begeisterter Anstrengung, dann ist es so mild, so kühl, wie es heute nach dem Gewitter war in der ganzen Natur, und mehr noch in der Brust der kleinen Nachtigall, denn die schlief wahrscheinlich heute noch tiefer als alle andren Vögel, und um so kräftiger und um so inniger wird ihr der Genius, der es den Seinen im Schlaf gibt, vergolten haben, ich aber stieg nach eingeatmeter Abendstille von meinem Baum herab, und durchdrungen von den hohen Ereignissen des eben Erlebten sah ich unwillkürlich die Menschheit über die Achsel an.

Bettine von Arnim

BLUMENSTRÄUSSE UND HIMMELSBOTEN

Frühlingslied

Ich strecke die Hand
über Frühlingsland;
mein Tüchlein winkt, wolkiger Streif,
mein Arm, deines Sonnrots verschimmerndes Band –
so streck' ich die Hand
über Frühlingsland,
dass deine Rechte sie greif.

Schon haben mein Haupt
liebe Lüfte belaubt;
mein Wälderhaar rieselt dir zu.
Ein hellgrünes Zweiglein am Hange geraubt ...
schon haben mein Haupt
liebe Lüfte belaubt,
und es wiegt sich in bebender Ruh'.

Da flüstert dir wirr
durch Käfergeschwirr
ein Gruß, der dich lange verließ,
ein Lächeln in blassroter Kelche Geklirr ...
nun grüß' ich dich irr
in Käfergeschwirr
und der Bienen golddunkelem Vließ.

Ich heb' meinen Mund
aus dem Frühlingsgrund,
wenn immer dein Auge erwacht,
und trittst du ihn nieder, der glänzend und wund,
in Frühlingsgrund
meinen blühenden Mund,
flammt er auf: als ein Stern deiner Nacht.

Gertrud Kolmar

BLUMENSTRÄUSSE UND HIMMELSBOTEN

Ein verheissungsvoller Frühlingstag

Der Morgenwind war noch ein wenig kühl, heute, am ersten lang ersehnten freien Tag, in der endlosen Reihe von arbeitsreichen Tagen. Anna Maria wollte jede Minute genießen und deshalb war sie auch schon so früh mit ihrem Fahrrad unterwegs. Keine Menschenseele weit und breit. Anna Maria summte leise vor sich hin, als sie die Hauptstraße verließ und rechts in den Feldweg einbog. Die Vögel zwitscherten und flogen geschäftig hin und her. Anna Maria genoss die Fahrt und freute sich, als sie an ihrem Lieblingsplatz, an der alten Buche, die am Ufer eines kleinen Sees stand, angelangt war. Sie lehnte ihr Fahrrad an den Stamm des Baumes, nahm vom Gepäckträger eine Decke und den Weidenkorb und stellte alles daneben ab.

„Geschafft, endlich angekommen und nix tun", murmelte sie und tat einen tiefen, tiefen Atemzug. Anna Maria fühlte sich wohl wie schon lange nicht mehr. Ihr Blick wanderte über den kleinen See. Still und ruhig lang er da. Obwohl, ganz stimmte das ja nicht. Entengeschnatter und Vogelgezwitscher prägten diese Idylle.

Anna Maria breitete die mitgebrachte Decke aus. Herzhaft biss sie in ein belegtes Brot, als ihr im wahrsten Sinne des Wortes der Biss im Hals stecken blieb. Denn irgendetwas fiel von oben auf sie runter. Da, schon wieder. Sie saß ganz still. Nach einer Weile löste sich ihre Er-

starrung und sie sah auf die Decke. Vor ihr lagen zwei Vogeleier, die wohl aus dem Nest gefallen waren, das sich über ihr in der alten Buche befand. Sie sah nach oben, konnte aber das Nest nicht gleich erblicken. Erst als sie aufgestanden war, bemerkte sie in einer Astgabelung ein nestähnliches Etwas, in dessen Mitte ein Loch klaffte, gerade so groß, dass die Eier leicht durchfallen konnten.
„Was nun?", murmelte Anna Maria und strich sich eine Haarsträhne aus dem Gesicht. Irgendwie mussten die Eier, die wie durch ein Wunder heil geblieben sind, wieder da hinauf. Eins war ihr klar: Wenn sie dieses Nest nicht notdürftig reparierte, waren die Eier schneller wieder unten, als ihr lieb war.
Aber wie sollte sie da hinaufkommen? Plötzlich fiel ihr die alte, verlassene Hütte in der Nähe ein, die den Waldarbeitern früher als Unterschlupf diente, wenn ein Gewitter plötzlich im Anzug war. Schnell lief sie zu der Hütte und rüttelte an der Tür. Verschlossen. Logisch, hatte sie wirklich geglaubt, sie wäre offen? Niedergeschlagen ging sie um die Hütte. Vielleicht konnte sie ... Nanu, das gab es doch nicht. An der Rückseite der Hütte war eine Leiter quer angebracht.
„Du kommst mir wie gerufen", sprach Anna Maria erfreut aus, was sie dachte. „Das hätte ich nicht gedacht!", antwortete eine Stimme. Anna Maria, die gerade die Leiter vom Haken der einen Seite abheben wollte, erschrak und erstarrte. „Nicht erschrecken, ich tue Ihnen nichts. Ich sehe schon eine Weile zu, wie Sie um die Hütte schleichen. Was wollen Sie mit der Leiter?"
Anna Maria hatte sich vom ersten Schreck erholt und drehte sich um. Vor ihr stand ein junger Mann mit einem sehr

sympathischen Gesicht und lächelte sie an. „Mussten Sie mich so erschrecken? Reden Sie nicht dumm daher. Helfen Sie mir lieber, die Leiter zu lösen und dann könnten Sie mir helfen, sie zu der alten Buche zu tragen!" –
„Kein Problem, ich helfe Ihnen gerne, aber sagen Sie mir bitte, warum?" –
„Das sage ich Ihnen unterwegs! Wir müssen uns beeilen, die Zeit läuft uns davon und wenn die Eltern zurückkommen, ist es zu spät!" – „Eltern? Ihre? Zu spät für was?" – „Mensch, reden Sie nicht zu viel, packen Sie die Leiter am anderen Ende und kommen Sie endlich. Unterwegs erkläre ich es!"
Lächelnd tat der junge Mann, wie es ihm befohlen, und sein Lächeln vertiefte sich, als er erfuhr, um was es ging. „Sie hatten Glück gehabt, aber auch Pech!" – „Wieso?" – „Nun, wenn Ihnen die Eier auf den Kopf gefallen wären, hätten Sie 'ne Beule und Glück, dann gäbe es Rührei zu Mittag!"
Anna Maria kochte innerlich. „Blödmann" war alles, was sie darauf erwiderte. Nach einer Weile. „So, die Leiter müssen wir hier anlehnen, denn dort oben ist das defekte Nest!" Anna Maria zeigte auf die Stelle. „Wer geht hinauf?" – „Ich", erwiderte Anna Maria mit einer Stimmlage, die keinen Widerspruch duldete. „Gut, und ich halte die Leiter!" Anna Maria stieg die Leiter empor und hatte das Nest erreicht. Sie überlegte kurz, dann stieg sie wieder hinunter. „Geben Sie mir mal Ihre tolle Mütze. Die brauchen Sie ja im Moment nicht. Die Sonne wird Ihren Kopf wärmen!" Bevor der junge Mann antworten konnte, schnappte sich Anna Maria seine Mütze. „So, jetzt ein wenig Moos hinein und nun legen Sie die Eier vorsichtig

darauf. Am besten mit Moos anpacken, dann sind keine fremden Gerüche an der Schale!" – „Noch was?" – „Nein, ich steige jetzt vorsichtig nach oben und stülpe das Ganze vorsichtig über das alte Nest." – „Hoffentlich klappt es!" – „Bestimmt."

Später saßen die beiden einträchtig auf der Decke und beobachteten die Heimkehr der Vogeleltern. „Amseln", sagten beide gleichzeitig und schauten gebannt nach oben. Nichts Außergewöhnliches geschah. „Sie haben sie angenommen. Wie schön", flüsterte Anna Maria und der Mann an ihrer Seite erwiderte: „Ja, wie schön!" Was er damit meinte, können wir uns denken, denn sein Blick ruhte schon lange auf dem Gesicht von Anna Maria und was weiter geschah mit den beiden? Nun, das ist eine andere Geschichte.

Agnes Marx

Frühlingsahnung

Mir ist, als läge Frühlingsduft
schon in der herben Großstadtluft.
Es ist eine Ahnung
von etwas ganz Zartem,
auf das wir so lange
und sehnsüchtig warten.

Mir ist, als öffneten Knospen sich bald
und machten auch vor dem Schnee
nicht mehr Halt.
Es ist wie ein Traum,
von etwas, was war,
von etwas, was kommt
auch in diesem Jahr.

Mir ist, als ob die Vögel anders sängen
und schon ein bisschen
nach Vorfreude klängen.
Es ist wie ein Windhauch,
es ist wie ein Beben
und uns wachsen Flügel
im täglichen Leben.

Ute Latendorf

Frühling

Die Luft ist weich, die Sonne mild,
der Frühling ist endlich gekommen.
Dem Winter wird's heiß, er fühlt sich beklommen
Und bäumt sich auf, tobend und wild.
Noch einmal schüttet er Schnee übers Land,
schickt schneidenden Sturm hinterher.
Doch hindert's den Vormarsch des Frühlings nicht mehr,
schon schmückt sich das Land im bunten Gewand.
Schneeglöckchen wiegen sich sanft im Wind
und läuten unhörbar ihr Lied.
Entengeschnatter tönt aus dem Ried.
Nach Weidenkätzchen sucht das Kind.
Jubelnd steigen die Lerchen auf.
Am Waldesrand ist ein Reh.
Das letzte Eis schmilzt auf dem See.
Krokus und Szilla blühen zuhauf.

Das Spechtgehämmer rhythmisch hallt.
Im Sonnenschein gaukelt ein Falter.
Im schattigen Talgrund blinkt Schnee, noch alter.
Anemonen leuchten im lichten Wald.
Schrill gelt der Schrei des Fasans durch die Luft.
Im welken Laub raschelt ein Käfer.
Im Erdbau regt sich der Winterschläfer,
der Hunger ihn nach draußen ruft.
Wir Menschen dürfen staunend erleben
das Wunder des Frühlings, der Erde geschenkt
von dem, der die Zeiten behutsam lenkt.
Der Frühling verkündet neues Leben.

Heidi Kaiser

Das einsame Schneeglöckchen

Die ersten warmen Sonnenstrahlen erreichten die Erde und brachten den Schnee zum Schmelzen. Ein Schneeglöckchen steckte sein frisches Grün aus dem Boden. Es wuchs und wuchs und entfaltete sein weißes Glöckchen. Es klingelte und klingelte und sang mit zartem Stimmchen: „Der Frühling, der Frühling!"
Das hörten die Vögel und sie sagten: „Oh! Du bist viel zu früh! Der Winter ist noch nicht vorbei!" Doch das kleine Schneeglöckchen ließ sich nicht beirren und klingelte und sang: „Der Frühling, der Frühling kommt!" Die Schnecke, die Maus, der Hase und die Vögel, alle lachten das Schneeglöckchen aus. Die Katze knurrte im Vorbeigehen: „Viel zu kalt!" In der folgenden Nacht schneite es wieder. Am Morgen stand das kleine Schneeglöckchen zitternd im Schnee und sein Glöckchen klingelte vor Kälte. Die Tiere und die Vögel verhöhnten das arme einsame Schneeglöckchen und riefen:
„Siehst du! Von wegen Frühling! Bist viel zu früh!" Das Schneeglöckchen wurde sehr, sehr traurig und das Glöckchen neigte sich zur Erde. Die Sonne sah das kleine Schneeglöckchen und bekam Mitleid, schickte ihre warmen Strahlen wieder zur Erde, der Schnee schmolz dahin und es wurde von Tag zu Tag wärmer. Nun wuchsen auch die anderen Schneeglöckchen und auch die Krokusse entfalteten ihre Blütenköpfe und alle sangen:

„Der Frühling kommt, der Frühling kommt!" Sie ließen ihre Glöckchen läuten, sangen ihr Liedchen und kündigten den Frühling an. Nun war das kleine Schneeglöckchen nicht mehr alleine, es hob das Glöckchen und stimmte fröhlich in den Gesang ein.
Der Frühling kam mit großen Schritten und die Welt erwachte wieder zum Leben.

Heidi Kowalsky

BLUMENSTRÄUSSE UND HIMMELSBOTEN

Ostersegen

Wie das Licht am Ostermorgen,
so leuchte uns dein Segen.
Christus ist auferstanden:
Möge sein Friede uns beflügeln
und seine Freude uns anrühren.
Christus ist auferstanden.
In diesem Glauben bewahre uns
der allmächtige Gott.

Irisches Segensgebet

Am Ostersonntag

O jauchze, Welt, du hast ihn wieder,
sein Himmel hielt ihn nicht zurück!
O jauchzet, jauchzet, singet Lieder!
Was dunkelst du, mein sel'ger Blick?

Es ist zu viel, man kann nur weinen,
die Freude steht wie Kummer da;
wer kann so großer Lust sich einen,
der all so große Trauer sah?

Unendlich Heil hab' ich erfahren
durch ein Geheimnis voller Schmerz,
wie es kein Menschensinn bewahren,
empfinden kann kein Menschenherz.

Vom Grabe ist mein Herr erstanden
und grüßet alle, die da sein;
und wir sind frei von Tod und Banden
und von der Sünde Moder rein.

Annette von Droste-Hülshoff

Ende April

Dass draußen die Amseln singen, dass der Frühling, mit grünen Schleiern über den Büschen, kommt, eigentlich schon da ist, muss ich doch erwähnen, obwohl er mir heuer nicht unter die Haut geht, keinerlei Rührung in der Art von „dass ich das noch mal erleben darf" erweckt. Schlechte Laune, könnte man sagen, finstere Laune, sogar im Park, den ich fast täglich durchstreife, obwohl mir dieses Jahr schon das spießige Osterhasengärtlein auf die Nerven gegangen ist. Gebüsche in bunter, eiförmiger Umzäunung, ein Wärter versteckt die von den Eltern mitgebrachten Eier, während ein zweiter die Kinder dazu überredet, die faul herumhoppelnden Stallhasen zu streicheln – bald darauf findet die Frühlingsblumenausstellung, dann die Azaleenausstellung statt. Seit einigen Tagen gehe ich dort umher und schreibe in Gedanken einen Brief an den Direktor: Lieber Herr Direktor, man kann nicht fortwährend lieben, ich liebe Ihre Ausstellungen nicht mehr, sie sind mir zu gekonnt, Ihre Blumenrabatten nicht mehr, sie sind mir zu üppig. Was ich liebte, war der schmale, dunkle Weg im Umgang des großen Palmenhauses, da schlugen einem die feuchten, glänzenden Blätter der Kamelienbäume gegen die Wangen, da leuchteten die Blüten, ganz oben, ganz hinten, rosa und rot. Was ist daraus geworden, Herr Direktor, eine breite Promenade mit Zementbrunnen, Wandelgang einer Lebensversicherung oder eines Sozialbades, und überhaupt, der Zementorgien sind genug gefeiert, der rechtwinkeligen Mäuerchen genug gebaut. Rechtwinkelig an Leib und Seele, dieser Spruch hing, riesig in Holz gebrannt, im Vorplatz eines unserer Notquartiere, die rechtwinkeligen Besitzer hatten uns ein Zimmer abgeben müssen, sie rächten sich dafür, indem sie uns keinen Hausschlüssel gaben, wir betraten und verließen unser Zimmer durchs Fenster, zu ebener Erde lag es, das war unser Glück. Entschuldigen Sie die Abschweifung, Herr Direktor, auch ein öffentlicher Garten kann einem ans Herz wachsen, zum Beispiel die uralte Eibe, die einmal hierher verpflanzt und so vorsichtig – zwei Kilometer in acht Stunden – durch die Stadt gefahren wurde, die chinesischen Sträucher, die Winterblüher, die Victoria Regia im Kleinen Haus. Auch im Gartenbau gibt es Moden, als der Garten um das große Palmenhaus, diese bürgerliche Exotik, angelegt wurde, trug man nierenförmige Teiche, runde Springbrunnen, Hochstammrosen, es wäre hübsch gewesen, wenn Sie das alles erhalten hätten, ein Gartenmuseum des 19. Jahrhunderts, wie es Gartenmuseen des achtzehnten, siebzehnten, sechzehnten und sogar fünfzehnten Jahrhunderts gibt. Eine einzigartige Gelegenheit, die Sie verpasst haben und vielleicht gar nicht verpassen wollten. Ihre Abonnenten, Ihre Sonntagsnachmittagsmusikhörer haben Sie dazu gezwungen, Sie sind ein Warenhausbesitzer, der immer das Neueste auslegen muss. Das alles schreibe ich in meinem Gedankenbrief, und dann gebe ich der Wahrheit die Ehre, gebe dem Garten die Ehre, seinen leuchtenden Grasflächen, seinen riesigen Pappeln, Platanen und Weidenbäumen, und überhaupt war der ganze Brief nur eine Laune, Frühlingslaune, Zierkirschenblütenblätter, losgerissen, hintreibend unterm Gewitterhimmel, schwül. Keineswegs denke ich daran, mein Abonnement aufzugeben, und ich wäre unglücklich, wenn Sie, Herr Direktor, es mir dieses doch gar nicht abgeschickten Briefes wegen, kündigen würden, was natürlich möglich ist, ebenso wie es möglich ist, dass die Kontrolleure eine Kartei haben, eine Gedankensünderkartei, auf die hin sie mir den Eintritt verwehren. Ich möchte aber immer wieder kommen, auch später, wenn ich meine blaue Karte nicht mehr vorzeige und mich an die Eintrittszeiten nicht mehr halte. Wenn ich mich auf Ihren fantastischen Spielgeräten herumschwinge, nachts, im Nebel, eh noch auf den großen Blumenfeldern die Dahlien schwarz verblühen.

Marie Luise Kaschnitz

Vom Charme des Wonnemonats

Grossmutters Maibaum

Morgen ist der 1. Mai, sagte Daniele Brockmann und atmete tief, "die Luft ist seidenweich und die Natur im Farbenrausch. Auch die Vögel spüren das und singen besonders schön." – "Nun krieg dich nur wieder ein! Du schwärmst ja wie eine Siebzehnjährige." Ihr Mann lachte. "Ich sollte dir wirklich einen Maibaum aufs Dach setzen." Daniele kicherte. "Das wäre doch mal ein toller Gag, nicht wahr." In der nächsten Minute dachte sie schon nicht mehr an seine Worte. Am 1. Mai war Daniele als Erste auf den Beinen. Sie stand in der Küche und sah durch das Fenster in den strahlenden Frühlingshimmel. Zwei Nachbarinnen gingen gerade vorüber, blieben aber plötzlich stehen, hoben den Blick und schmunzelten. Daniele wollte sich gerade abwenden, um den Kaffee aufzubrühen, als sie Herrn Tillmann vongegenüber bemerkte. Der stand in seinem Vorgarten, starrte auf das Dach der Brockmanns und griemelte vor sich hin. "Was die nur alle haben?", fragte sie sich, öffnete das Küchenfenster und rief: "Morgen, Herr Tillmann. Gibt es etwas Besonderes zu sehen? Nisten etwa Störche auf unserem Dach?" – Der Nachbar winkte ihr zu. "Kommen Sie und schauen Sie selbst!" Daniele lief zur Tür, schloss mit vor Neugierde zitternden Fingern auf und rannte nach draußen. Auf der Straße bekam sie kugelrunde Augen und vergaß beinah weiter zu atmen. "Heiliger Schnickschnack", entfuhr es ihr, „was sagt man denn dazu?" Auf dem Dach der Brockmanns stand ein zartgrünes Birkenbäumchen. In seinen Zweigen flatterten mohnblumenrote Stoffstreifen wie Feuerzungen durch die klare Luft und winkten so heftig, als wollten sie sagen: „Leute, seht mal her, hier oben lacht die Liebe, hier oben!" „Mensch Willi, du bist vollkommen verrückt!" Daniele warf sich in die Arme ihres vollkommen verrückten Mannes, der jetzt – noch im Morgenrock – mit strahlendem Gesicht aus der Haustür getreten war. „Was die Jungen ..., können wir Alten allemal", sagte er. „Ist das nicht eine Superüberraschung, Omi?" Opi bekam ein paar herzhafte Küsse, und er wusste nicht, ob die Feuchtigkeit auf seiner linken Wange nur von den nassen Schmatzern oder auch von ein paar Freudenträntchen seiner Liebsten stammte. Wahrscheinlich von beidem, dachte er ... Den ganzen Monat lang stand der Maibaum in Sonnenschein und Regen auf dem Dach und leuchtete. Auch Oma Brockmann leuchtete. Bei einem Einkauf in der Stadt traf sie ihre Freundin. Ulla erzählte ihr von den prächtigen Maibäumen, die ihre beiden Töchter von den jeweiligen Freunden bekommen hatten. „Der eine Baum hat vornehme lila Streifen und der andere ist knallbunt", sagte sie, „diese Bäume sprechen von Liebe." Daniele nickte vor sich hin. „Ich selbst habe ja auch einen Maibaum bekommen, und er ist der schönste der ganzen Stadt." – „Alte Frauen bekommen keine Maibäume, so wie sie auch keine Kinder mehr kriegen und Schwalben keine Störche und Katzen keine Frösche." Ulla fühlte sich wohl veralbert. Sie verabschiedete sich kühl. Daniele lächelte. Wie sollte die Freundin auch wissen, dass es immer wieder Wunder gibt, und besonders im Mai, dem Monat der Liebe. Und dann kam ihre Enkelin, die achtjährige Anna vorbei, und die sah staunend zum Dach hinauf und meinte ein wenig altklug: „Maibäume bekommen doch immer nur die jungen Mädchen, und in eurem Hause wohnt nur ihr. Und ihr seid schon alt." Ihre Großmutter lächelte fein. „Tja, mein Schatz, die Frau hier im Hause ist eigentlich noch gar nicht so alt, auch wenn man das äußerlich nicht gleich so sieht." „Meinst du dich, Oma?" In Annas braunen Augen leuchtete erstes Verstehen auf. Die Großmutter nickte. „Und der junge Mann, der den Maibaum gesetzt hat, ist Opa."

Gabriele Lins

VOM CHARME DES WONNEMONATS

Mai III

Mit Maiglöckchen
läutet das junge Jahr
seinen Duft

Der Flieder erwacht
aus Liebe zur Sonne
Bäume erfinden wieder ihr Laub
und führen Gespräche

Wolken umarmen die Erde
mit silbernem Wasser
da wächst alles besser

FRÜHLINGSTRÄUME FÜR DIE SEELE

Schön ists im Heu zu träumen
dem Glück der Vögel zu lauschen

Es ist Zeit sich zu freuen
an atmenden Farben
zu trauen dem blühenden Wunder

Ja es ist Zeit
sich zu öffnen
allen ein Freund zu sein
das Leben zu rühmen

Rose Ausländer

VOM CHARME DES WONNEMONATS

Der Tulpenstrauss

Lange schon hatte ich mir für meinen kleinen Vorgarten eine schöne Ecke mit Tulpen gewünscht. Dieses Jahr war es endlich so weit. Ich hatte die Zwiebeln sorgfältig ausgesucht, und im Frühjahr wuchsen die Tulpen so prächtig, als wollten sie XXL werden. Ich war begeistert und erfreute mich jeden Tag an dieser bunten Pracht aus Scharlachrot, Apricotgelb, Lachsrosa, Braunrot und Schneeweiß.

Das blieb so bis Samstag, den 11. Mai. Am Sonntag, den 12. Mai, sah ich das Entsetzliche.

Meine Wut war grenzenlos. Ich konnte es einfach nicht fassen. Das alles konnte doch nicht wahr sein. Ich starrte auf mein Tulpenbeet. Irgendjemand hatte sämtliche Tulpen fein säuberlich abgeschnitten. Keine einzige Blume war übrig. Ich jammerte und schimpfte den ganzen Tag und verdarb nicht nur mir, sondern auch meiner Familie den Tag – es war Muttertag.

Zum Glück kannte ich den Missetäter nicht – bis Dienstagabend. Es klingelte an der Tür und ein Kerl wie ein tätowierter Kleiderschrank stand vor mir. Ich erschrak heftig. Mit unerwartet leiser Stimme sagte er: „Ich war der Missetäter!" Er deutete auf das Blumenbeet: „Ich bitte um Entschuldigung."

Ich fühlte, wie mein angestauter Frust explodieren wollte. Doch bevor ich Luft holen konnte, überfiel er mich mit einem Wortschwall: „Sie haben mir den Tag gerettet, Muttchen. Ich kam in der Samstagnacht von einer Bikertour nach Hause und erfuhr, dass meine Mutter überraschend ins Krankenhaus gekommen war. Ich wollte sie frühmorgens besuchen. Aber es war Muttertag, und ich hatte keine Blumen. Da fiel mir ein, dass ich in Ihrem Garten wunderschöne Tulpen gesehen hatte. Das war meine Rettung. Meine Mutter hat sich riesig gefreut, als ich mit den Blumen ankam. Sie müssen wissen, dass ich kein Sohn bin, der immer an den Muttertag denkt."

Da stand er nun vor mir, dieser Riesenkerl, mit hängenden Armen, ergeben meine Strafpredigt erwartend. Doch irgendwie fiel es mir plötzlich schwer, einen Sohn, der seiner Mutter Blumen ins Krankenhaus gebracht hatte, lautstark zu beschimpfen.

„Ich habe eine ziemliche Wut auf Sie", gestand ich. „Wie wollen Sie das wiedergutmachen?"

„Ich schlage vor, als Entschädigung helfe ich Ihnen ein paar Stunden im Garten. Einverstanden?" Ich war einverstanden und Harry, wie er sich nannte, war eine große und sehr geschickte Hilfe. Er kam viel öfter als erwartet. Vielleicht auch, weil er meinen Erdbeerkuchen mochte.

Inzwischen überlegen meine Nachbarn bereits, ob sie nicht im nächsten Jahr auch Tulpen in die Vorgärten pflanzen.

Ursula Berg

Eine Muttertagsgeschichte

Als meine Tochter zur Welt gekommen war – in den ersten Maitagen eines bereits sehr fernen Jahres – bekam ich einen Tag nach der Geburt bereits eine Muttertagstorte, auf der stand: Der lieben Mutter. Ich konnte nicht fassen, dass das jetzt mir galt. Lagen doch die Muttertage, an denen wir uns krankhaft bemüht hatten, meine Mutter zu ehren und zu feiern, und ich diesen Aufwand für einen einzigen Tag im Jahr mit jugendlicher Direktheit als „blödsinnig" einstufte, mir doch bleischwer im Gemüt.

Nur einmal war es schön gewesen. Mein Vater – sonst ein durch und durch ehrenhafter Mann ohne den geringsten Hang zum Abenteuerlichen – hatte vergessen, die üblichen rosa Hortensien (zwei bis drei Blütenbüschel in einem Topf, in Krepppapier gehüllt, dazu eine Schleife und ein Papierherz mit Spruch, „Dem Mütterlein" oder dergleichen) zu besorgen. Aus Furcht vor den drohenden dunklen Wolken auf der Stirne meiner Mutter wurde er plötzlich kühn, ein verwegenes Glitzern durchbrach mehr und mehr den ratlosen Ärger in seinen Augen. „Komm", sagte er zu mir, während er eine Schere in seiner Jackentasche verbarg. Und wir verließen das Haus wie zwei, die etwas zu verbergen hatten.

Hinter dem Gemeindebau, in dem wir wohnten, befand sich ein Areal mit Schrebergärten. Es waren bereits alte

Gärten, die Obstbäume und diversen Sträucher breiteten sich weit über die Zäune hinweg aus und überschatteten teilweise die Pfade. Der Flieder blühte. Er blühte in diesem Jahr so üppig wie selten. Die Zweige beugten sich unter der Last der violetten und weißen Dolden, dazu der Duft und das Leuchten einer abendlichen Maisonne – ich schritt selig mit meinem Vater dahin.

Der aber zückte bald die Schere, nicht ohne vorher um sich geblickt zu haben. Ausgestorben lagen die Gärten da, keine Stimme, keine Hantierung zu hören.

Und mein Vater begann, Flieder zu stehlen. Erst sollte es ein angemessen großer, trotz allem bescheidener Strauß sein. Doch der zurückhaltende, pflichtbewusste Mann fiel einer plötzlichen, wohl von Mai- und Fliederdüften genährten Raserei anheim. Er schnitt und schnitt. Meine und seine Arme füllten sich, bis wir sie kaum noch über der Last zusammenschließen konnten. Und immer noch schien Pfingstwunder für die Seele den Gärten nichts an Pracht zu fehlen, der Überfluss unermesslich.

Wir schleppten und stöhnten, als wir über Treppen und Gänge zu unserer Wohnungstüre schlichen, immer voll Sorge, ertappt und des Diebstahls überführt zu werden. Es galt außerdem, die Fliederberge daheim zu verstauen und dem Auge meiner Mutter fernzuhalten – dies gelang mit Hilfe wassergefüllter Eimer in der Abstellkammer. Am frühen Morgen dekorierten wir die Wohnung, benutzten dazu sämtliche vorhandenen Vasen, Einmachgläser, Krüge und Suppentöpfe. Und als die Mutter aus dem Bett kroch und verschlafen zum Badezimmer hinstrebte, traute sie ihren Augen und ihrer Nase nicht. Was für eine Herrlichkeit. Was für ein Duft.

„Hätten wir den Flieder nicht stehlen müssen, könnte mir auch dieser Muttertag gestohlen bleiben", dachte ich.

Erika Pluhar

FRÜHLINGSTRÄUME FÜR DIE SEELE

Der Tulpenkorb

Der Frühlingsabend versinkt hinter den Bäumen. Für die Eltern ist er besonders schön, weil sie ihre beiden Töchter zum ersten Mal guten Gewissens eine Stunde allein lassen können. Auch Dorli hat glaubhaft versprochen, nicht aus dem Bett zu steigen, sondern sofort einzuschlafen.
Arm in Arm wandern die Eltern durch den Abend, draußen im Garten vor dem Dorf. Die Mutter hatte eine Überraschung für den Vater: Aus den Tulpenzwiebeln, die sie sich im Herbst heimlich vom Haushaltsgeld abgezwackt hat, sind nun viele prächtige Blumen gewachsen. Zwar haben sich die Kelche in der Abendluft schon geschlossen, aber morgen Vormittag werden sie voll erblüht sein. Dorli und Regine, die keine Ahnung von dem Blumenwunder haben, werden vor Jubel außer sich geraten. Dorli erlebt in diesem Jahr sowieso erstmals bewusst den Frühling. Gestern erst hüpfte sie jauchzend von Gänseblümchen zu Gänseblümchen. Wie zufällig sollen beide Kinder morgen vor das Beet geführt werden. Welch einmaliges Wunder der Blüte, in jedem Frühling wieder neu wie am ersten Schöpfungstag!
Aber das einmalige Wunder bricht gewaltsamer über die Familie herein, als die Mutter plante. Kaum hat sie am anderen Morgen mit dem Abräumen des Frühstücks begonnen, um anschließend sich selbst und die Kinder für den Garten fertig zu machen (auch der Vater hat seine

Anwesenheit zugesichert), kaum hat sie sich überlegt, wohin ihre Töchter ausgerechnet heute entwischt sein könnten, denn man hört sie nirgends – da erscheint Dorli unter der Küchentür. In den Händen schleppt sie einen Henkelkorb, bis zum Rand gefüllt mit Tulpenblüten.
Ihr Gesicht glüht vor Entzücken.
„Von unserem Garten", flüstert sie ehrfürchtig. „Für dich. Ganz allein von mir für dich!"
O Mutterliebe, nun entfalte deine letzten Reserven! Atme tief, zähle auf Zehn und sei immer größer als der Augenblick! Ohne Stiele, nicht einmal für die Vase tauglich. Die verborgene Vorfreude langer Winterwochen wird nach wenigen Stunden im Mülleimer liegen.
„Dell, da freus du dich aber?" Dorlis verlegener Blick zeigt, dass sie sich das Mutterglück überzeugender vorgestellt hat.
Noch einmal atmet die Mutter tief durch. Es gibt schlimmere Dinge: Erdbeben, Wasserkatastrophen, Kriege, Unglücksfälle – na also!
„Ja, es ist wun-der-schön, Dorli, ich danke dir."
Prüfend sieht das Kind die Mutter an. Warum hat ihre Stimme solch einen merkwürdigen Sprung? Etwas hastig spricht sie nun weiter: „Sobald ich fertig bin, suchen wir eine Glasschale und legen die Blüten ins Wasser. Sie bekommen schnell Durst, weißt du. Hat Regine sie auch schon gesehen? Und der Vater?"
Still zieht sich Dorli mit ihrer Blütenpracht ins Dunkel der Diele zurück. Irgendetwas stimmt nicht. Was ist nur los?
„Und heute Nachmittag feiern wir ein großes Tulpenfest, Dorli", ruft ihr die Mutter noch nach.
„Vielleicht ist der Vater da", denkt Dorli. „Er hat meist

mehr Geduld als die Mutter." Entschlossen arbeitet sich die Kleine mit ihrem Korb die Treppe hinunter bis vor die Studierzimmertür.

Inzwischen erledigt die Mutter ihre Hausarbeit, bereitet auch noch das Mittagessen vor, denn die Wiederherstellung des inneren Gleichgewichts braucht immerhin einige Zeit. Endlich ist alles geleistet, und man kann mit Fassung an den Tulpenkorb gehen. Wo steckt Dorli nur? Auch Regine und der Vater geben keine Antwort. Die Mutter geht durch alle Zimmer. Es bleibt still. Aber was ist das? Im Schlafzimmer steht der Arzneischrank sperrangelweit offen, und die Mullbinden fehlen – samt Leukoplast und Schere.

Etwas Schreckliches muss geschehen sein. Und niemand wagt es der Mutter zu sagen. Das ist die Strafe für eine kleinliche Lebenshaltung. Abgebrochene Tulpen – du liebes bisschen!

Fährt dort drüben nicht der Rotkreuzwagen mit Blaulicht? Zitternd eilt die Mutter ins Studierzimmer. Die Arztnummer für alle Fälle. Aber da liegt ein Zettel auf dem Schreibtisch: „Wir sind rasch in den Garten gegangen. Bis nachher. Vater." Bis nachher? Das ist zu lange. Nur schnell, ehe jemand verblutet! Schon von Weitem erblickt die Mutter den Vater und die Töchter in voller Gesundheit. Die drei hantieren am Tulpenbeet; anscheinend sind doch nicht alle Blüten abgebrochen. Mit zögernden Schritten nähert sie sich der einträchtig arbeitenden Gruppe. Was sie dann allerdings zu sehen bekommt, ist eigenartig genug. Vaters Blick spricht auch ohne Worte den einzigen hier möglichen Satz: „Bitte nicht böse sein über den Unsinn!" Dorli hat es der Mutter von den Au-

gen abgelesen, dass mit den gepflückten Tulpen etwas Ungeschicktes geschehen ist. Und so hat sie kurzerhand alle Blütenköpfe mit Mullbinden wieder an die Stengel gebunden. Papa und Regine helfen mit Leukoplast nach. „Nu wachsen se alle wieder an", tröstet Dorli. „Un vürleicht kriegen sie nu ßwei Köpfe? Un nu freus du dich aber wirklich ganz doll, ja?"
Dorli hüpft zur Mutter und drückt sie so fest, dass beide fast keine Luft mehr bekommen. „Ich kann bestimmt nichts dafür", heißt das. „Ich habe nicht gewusst, dass es eine verkehrte Freude wird."
„Freilich, Dorli!" Längst ist alles wieder gut. Welch ein Anblick! Auf keiner Bundesgartenschau wird es je so eigenwillige Blüten geben. In drei Wochen wäre die Herrlichkeit ohnedies vorbei gewesen. Das farbenprächtige Tulpenfest am Nachmittag aber wird den Kindern ein Leben lang als beglückende Erinnerung bleiben.

Charlotte Hofmann-Hege

# Am Pfingstsonntage

Still war der Tag, die Sonne stand
so klar an unbefleckten Domeshallen;
die Luft, von Orientes Brand
wie ausgedörrt, ließ matt die Flügel fallen.
Ein Häuflein sieh, so Mann als Greis,
auch Frauen kniend; keine Worte hallen,
sie beten leis!

Wo bleibt der Tröster, treuer Hort,
den scheidend doch verheißen du den Deinen?
nicht zagen sie, fest steht dein Wort,
doch bang und trübe muss die Zeit uns scheinen.
Die Stunde schleicht; schon vierzig Tag
und Nächte harrten wir in stillem Weinen
und sahn dir nach.

Wo bleibt er nur, wo? Stund' an Stund',
Minute will sich reihen an Minuten.
Wo bleibt er denn? Und schweigt der Mund,
die Seele spricht es unter leisem Bluten.
Der Wirbel stäubt, der Tiger ächzt
und wälzt sich keuchend durch die sand'gen Fluten,
die Schlange lechzt.

VOM CHARME DES WONNEMONATS

Da, horch, ein Säuseln hebt sich leicht!
Es schwillt und schwillt und steigt zu Sturmes Rauschen.
Die Gräser stehen ungebeugt;
die Palme starr und staunend scheint zu lauschen.
Was zittert durch die fromme Schar,
was lässt sie bang' und glühe Blicke tauschen?
Schaut auf! Nehmt wahr!

Er ist's, er ist's; die Flamme zuckt
ob jedem Haupt; welch wunderbares Kreisen,
was durch die Adern quillt und ruckt!
Die Zukunft bricht; es öffnen sich die Schleusen,
und unaufhaltsam strömt das Wort
bald Heroldsruf und bald im flehend leisen
Geflüster fort.

O Licht, o Tröster, bist du, ach,
nur jener Zeit, nur jener Schar verkündet?
Nicht uns, nicht überall, wo wach
und Trostes bar sich eine Seele findet?
Ich schmachte in der schwülen Nacht;
o leuchte, eh' das Auge ganz erblindet!
Es weint und wacht.

Annette von Droste-Hülshoff

VOM CHARME DES WONNEMONATS

QUELLENVERZEICHNIS

Texte
Hanna Ahrens, Wenn das nicht gesund ist, aus: Hanna Ahrens, Nachmittagsglück und andere Geschichten © Brunnen Verlag, Gießen 2001

Rose Ausländer, Mai III. Aus: dies., Wieder ein Tag aus Glut und Wind. Gedichte 1980-1982. © S.Fischer Verlag GmbH, Frankfurt am Main 1986

Ursula Berg, „Der Tulpenstrauß" aus: Dies., Zum Altwerden ist immer noch Zeit. Kurzgeschichten für Senioren © Verlag Herder GmbH, Freiburg i. Br. 2016

Charlotte Hofmann-Hege, Der Tulpenkorb, aus: Spielt dem Regentag ein Lied, Quell Verlag, Stuttgart 1995 © Erben Charlotte Hofmann-Hege

Heidi Kaiser, Frühling, aus: Hans Gärtner (Hrsg): Freu dich auf Ostern, Echter Verlag GmbH, © Alle Rechte bei der Autorin

Mascha Kaléko, „Brief ins Blaue ..." aus: Mascha Kaléko, Das lyrische Stenogrammheft. Kleines Lesebuch für Große, Copyright © 1978 Rowohlt Taschenbuch Verlag GmbH, Reinbek bei Hamburg, Würzburg 1995

Marie Luise Kaschnitz, Ende April, Textauszug aus: Marie Luise Kaschnitz, Tage, Tage, Jahre. Aufzeichnungen. © Insel Verlag Frankfurt am Main und Leipzig 1976. © MLK-Erbengemeinschaft München

Heidi Kowalsky, Das einsame Schneeglöckchen © Alle Rechte bei der Autorin

Ute Latendorf, Frühlingsahnung © Alle Rechte bei der Autorin

Gabriele Lins, „Nutze den Tag", „Großmutters Maibaum" © Alle Rechte bei der Autorin

Agnes Marx, Ein verheißungsvoller Frühlingstag. © Alle Rechte bei der Autorin

Barbara Noack, Das Billigangebot, aus: Barbara Noack: Glück und was sonst noch zählt. München: Langen Müller, 1993. S. 41-47. © 1993 by Langen Müller Verlag in der F.A. Herbig Verlagsbuchhandlung GmbH, München

Erika Pluhar, Eine Muttertagsgeschichte © 1992 by Erika Pluhar

Bilder
Cover: © Yulia Sribna/Shutterstock; S. 2: © gtranquillity/Fotolia; S. 7, 38/39: © drubig-photo/Fotolia; S. 9: © _Vilor/Fotolia; S. 17: © Anna Khomulo/Fotolia; S. 23, 32/33: © Lukas Gojda/Fotolia; S. 25: © mates/Fotolia;S. 27, 53: © Floydine/Fotolia; S. 37: © stock.adobe.com/nataba; S. 43: © vencav/Fotolia; S. 45: © seqoya/Fotolia; S. 49: © Anatolii/Fotolia; S. 50/51: © lily/Fotolia; S. 54/55: © bluebat/ Fotolia; S. 59: © alenalihacheva/Fotolia; S. 63: © Zbyszek Nowak/Fotolia; S. 64/65: © Acik/Fotolia; S. 70: © neirfy/Fotolia; S. 77: © lesslemon/Fotolia.

Wir danken den genannten Inhabern von Text- und Bildrechten für die freundliche Erteilung der Abdruckgenehmigung. Der Verlag hat sich bemüht, alle Rechteinhaber in Erfahrung zu bringen. Für zusätzliche Hinweise sind wir dankbar.